CB050762

Cortesia do cartaz Ciné-Image, Paris.
Página 57: *The Kid*, cartaz francês d'Orth, coleção Ciné-Image, Paris.
"Histoire d'un film" ["História de um filme"]: texto de Sophie Bordet
Concepção gráfica: Studio Bayard Éditions Jeunesse
História original de *Le Kid* [O garoto] © Roy Export Company Establishment; fotos dos filmes de Chaplin filmados a partir de 1918 © Roy Export Company Establishment.
Charles Chaplin e o personagem de Carlitos são marcas registradas de Bubbles Inc SA e de Roy Export Company Establishment.

© Edição original: MK2 AS / Bayard Éditions 2007
© 2009 Martins Editora Livraria Ltda., São Paulo, para a presente edição.

Publisher	*Evandro Mendonça Martins Fontes*
Coordenação editorial	*Patrícia Rosseto*
Produção editorial	*Luciane Helena Gomide*
Produção gráfica	*Sidnei Simonelli*
Diagramação	*Casa de Idéias*
Preparação	*Angela das Neves*
Revisão	*Carolina Hidalgo Castelani*
Revisão gráfica	*Dinarte Zorzanelli da Silva*

Dados Internacionais de Catalogação na Publicação (CIP)
(Câmara Brasileira do Livro, SP, Brasil)

Gillot, Laurence
  O garoto / texto de Laurence Gillot; ilustrações de Oliver Balez; tradução de Estela dos Santos Abreu. – São Paulo: Martins, 2009. – (Infantis e juvenis)

  Título original: The kid.
  ISBN 978-85-61635-14-5

  1. Ficção – Literatura infanto-juvenil I. Balez, Olivier. II. Título. III. Série.

09-00861   CDD-028.5

Índices para catálogo sistemático:
1. Ficção – Literatura infantil   028.5
2. Ficção – Literatura infanto-juvenil   028.5

Todos os direitos desta edição reservados à
Martins Editora Livraria Ltda.
R. Prof. Laerte Ramos de Carvalho, 163
01325-030 São Paulo SP Brasil
Tel.: (11) 3116.0000 Fax: (11) 3115.1072
info@martinseditora.com.br
www.martinseditora.com.br

1ª edição Março de 2009 | **Fonte** Latienne
Papel MediaPrint Silk 115 g/m² | **Impressão e acabamento** Corprint

O GAROTO

Texto de Laurence Gillot
Ilustrações de Olivier Balez

Tradução
Estela dos Santos Abreu

martins
Martins Fontes

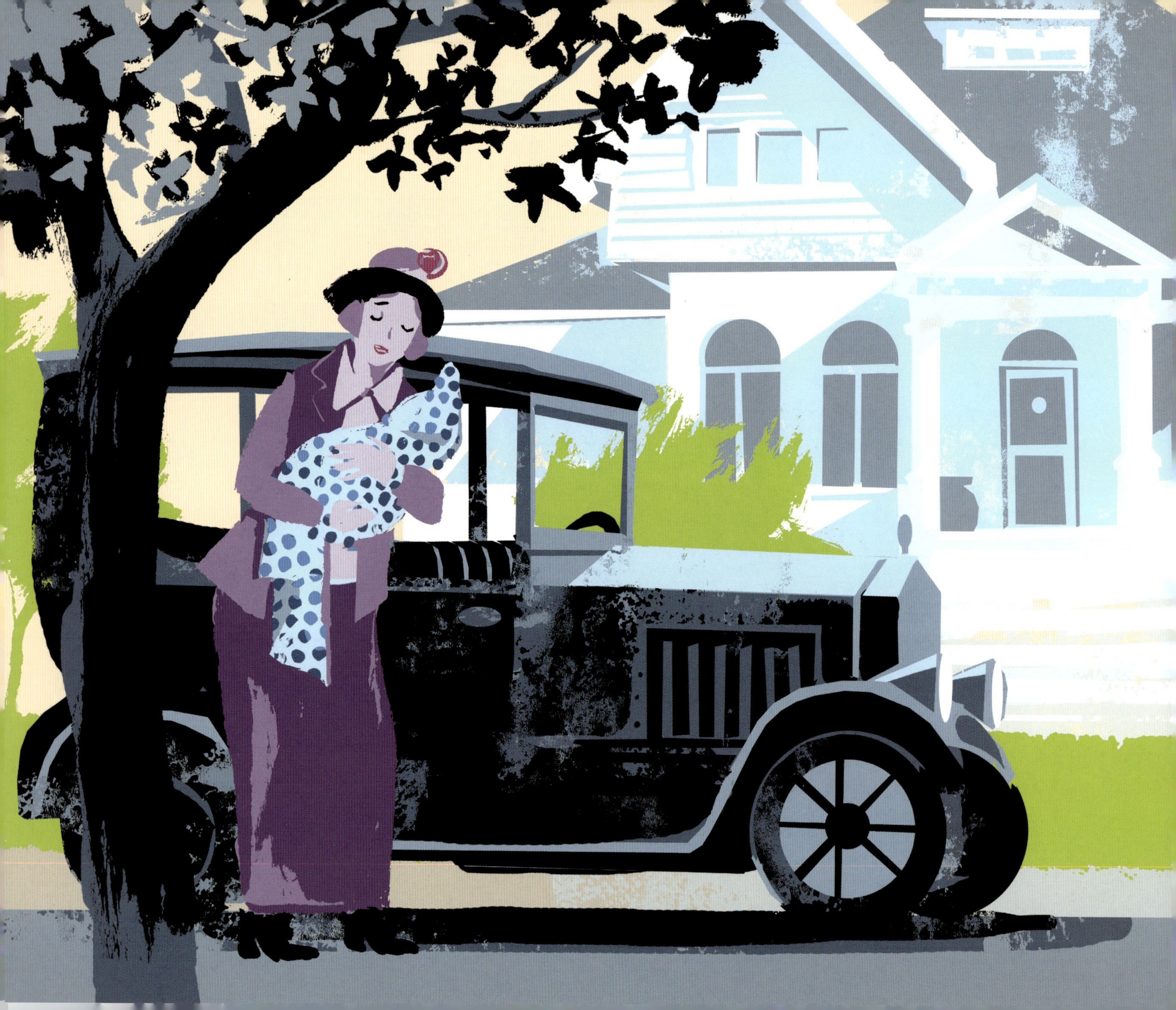

Num bairro de gente rica, uma jovem mãe está prestes a abandonar seu filhinho.

- Preciso deixar você aqui, meu bem - diz ela entre soluços. - Mas não tenha medo, alguém vai te encontrar, cuidar de você e te amar muito. Juro que você vai ter uma vida muito boa! Melhor do que se ficasse comigo!

Edna é o nome da mãe. É uma cantora. Muito jovem, sozinha, infeliz, sem nada, nem um tostão. Beija o filho mais uma vez. Em seguida, tremendo, num gesto rápido, põe o menino no banco de trás de um carro de luxo estacionado em frente de um palacete.

Logo depois, dois homens chegam correndo e entram no carro.
São ladrões!
Fogem com o carro a toda velocidade. Os pneus rincham nas curvas.
Com tantas sacudidelas, o bebê acorda e começa a chorar.
– O que é isso? – indaga, assustado, o motorista.
– Uma criança chorando! – responde o comparsa.
Imediatamente os gatunos param e, sem hesitar, largam o garoto na calçada, perto de uma lata de lixo!

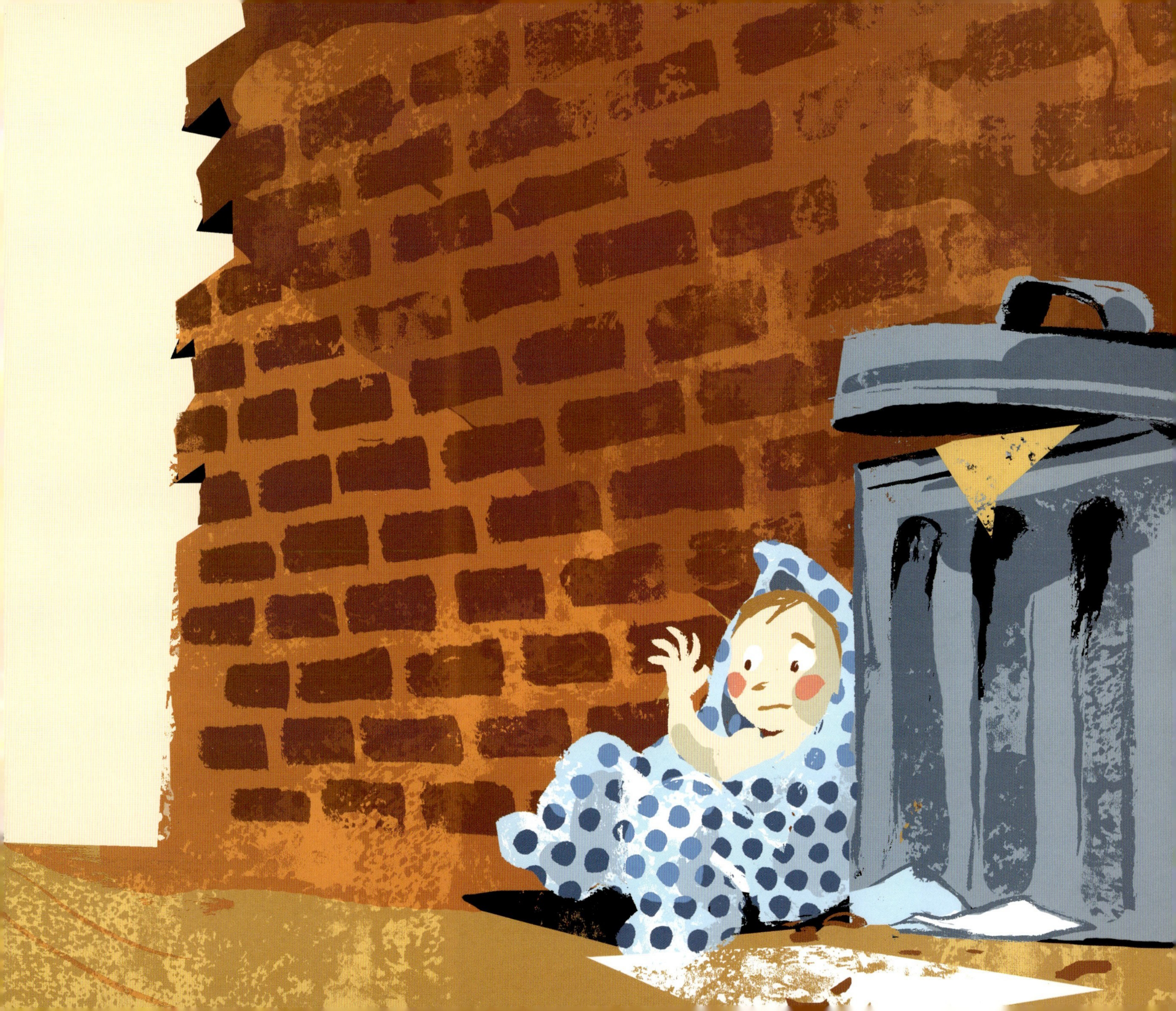

Nesse meio-tempo, Edna, cheia de remorsos, muda de idéia. Abandonar o filho para sempre? Não! Ela não pode fazer isso! Volta correndo e já não encontra nada!

– Cadê o carro? – pergunta a um senhor que chegou ali. Um senhor elegante e bem vestido.

– É o meu carro – responde ele. – Infelizmente acaba de ser roubado!

– Rou... roubado? – gagueja Edna, desesperada.

Perto da lata de lixo, a criança está quietinha. De olhos bem abertos, observa a rua, a gente que passa... Um verdadeiro espetáculo! Oba, alguma coisa vem vindo lá longe. O que será? Quem será? É Carlitos! Vem vindo devagar.

Procura guimbas de cigarro. Quando encontra uma, logo a acende todo contente.

Também procura coisas no lixo. Porque Carlitos é pobre.

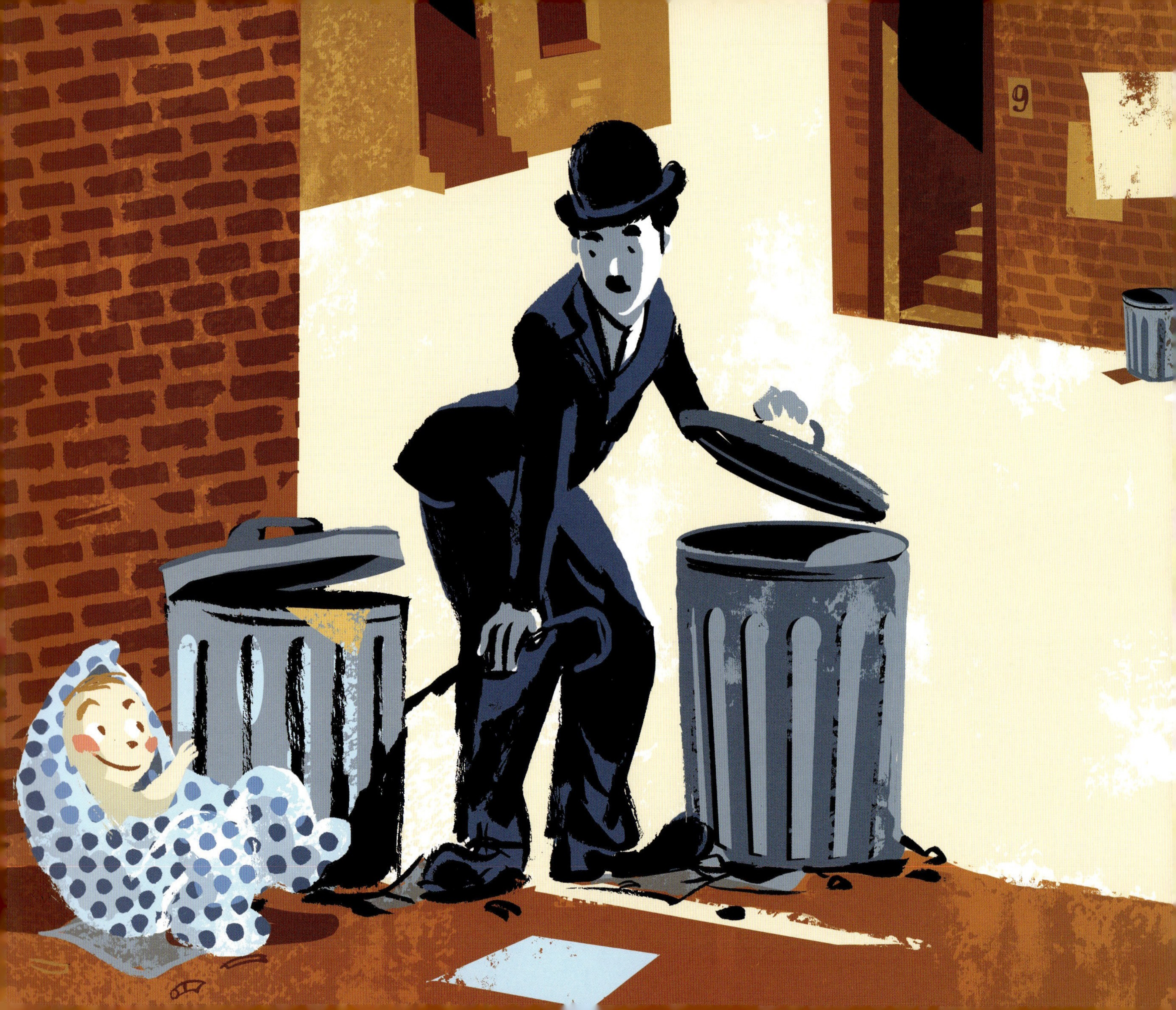
9

– Ga, ga, ga! – murmura o bebê.

Carlitos leva um susto.

– Ga, ga, ga, ga, ga!

"De onde vem isso?", pensa Carlitos.

– Ga, ga, ga, ga!

Carlitos esfrega os olhos. Não, ele não está sonhando. Lá na calçada, vê um nenê. Incrível! Pega o menino no colo e olha à sua volta.

Ah, lá vem vindo uma senhora empurrando um carrinho de criança.

"É dela!", pensa Carlitos.

E, prestativo, vai lhe entregar o bebê.

– Acho que a senhora perdeu alguma coisa! – graceja.

A mulher se espanta:

– Sinto muito, senhor, mas não é meu!

E, com um gesto brusco, devolve o menino.

"Bem", pensa Carlitos, "é melhor deixá-lo onde o encontrei. Quem o perdeu virá buscá-lo!"

É o que está para fazer quando, de repente, ouve atrás de si:

– Hum! Hum!

É um guarda que força a tosse, olhando feio para Carlitos.

Arre! Carlitos pega de novo o bebê e sai rápido sem dizer nada. Porque, com guardas, Carlitos não quer conversa.
"Estou em maus lençóis!" pensa ele. "O que vou fazer com este menino?"

Na esquina, encontra um senhor idoso. Carlitos tenta uma saída:
– Será que o senhor pode – pede ele, atropelando as palavras – segurar o meu menino, enquanto amarro o cordão do sapato?
– É claro! – responde o senhor, que pega o bebê.
Zás! Esperto, Carlitos tenta dar no pé.

O senhor fica todo atrapalhado: que vai fazer com aquela criança? Ele também vê o carrinho de bebê lá longe... e tem a mesma idéia que teve Carlitos. Disfarçadamente, enquanto a senhora está distraída, ele põe o nenê no carrinho! Ele também é esperto, esse velhote!

O problema é que a senhora não quer saber de complicações.

Quando ela dá com o pequeno intruso deitado no carrinho, fica furiosa e procura na rua para ver onde está o pai.

– Ah, lá está o malandro! – grita ela, reconhecendo ao longe o vulto de Carlitos.

Ela sai correndo atrás dele para devolver o menino:

– Pai desnaturado! – grita ela.

Carlitos se faz de desentendido. Continua se afastando, mas, quando percebe que o guarda vem vindo, pega depressa o "pacote" e dá no pé.

Sentado no meio-fio, Carlitos olha para o menino, que murmura em seus braços:

– Ga, ga, ga!

– Ga, ga, ga! – responde Carlitos, bastante desanimado, fazendo-lhe um carinho no pescoço.
É nesse momento que vê um bilhete preso na roupa do bebê: "Ame este órfão e cuide bem dele".
O coração de Carlitos dá um pulo. O quê? Uma criança abandonada? Que desgraça!

– Eu vou tomar conta de você! – afirma, comovido.
– Angoo!
Carlitos continua:
– Seu nome vai ser João!
– Angoo! – concorda o menino.
– Então, tudo bem, vamos pra casa, João.
E foi assim que, sem querer, Carlitos tornou-se pai.
E um bom pai...

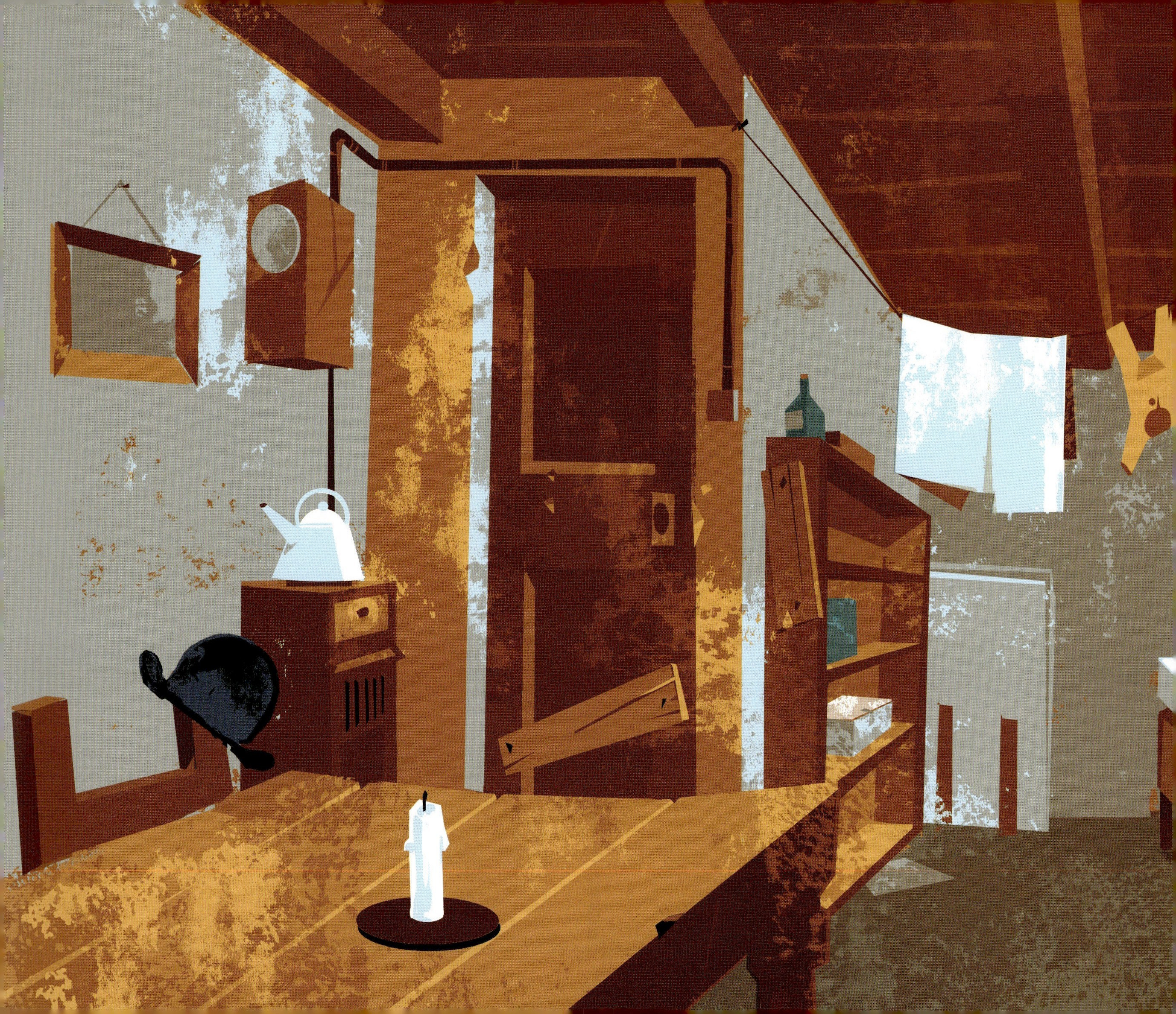

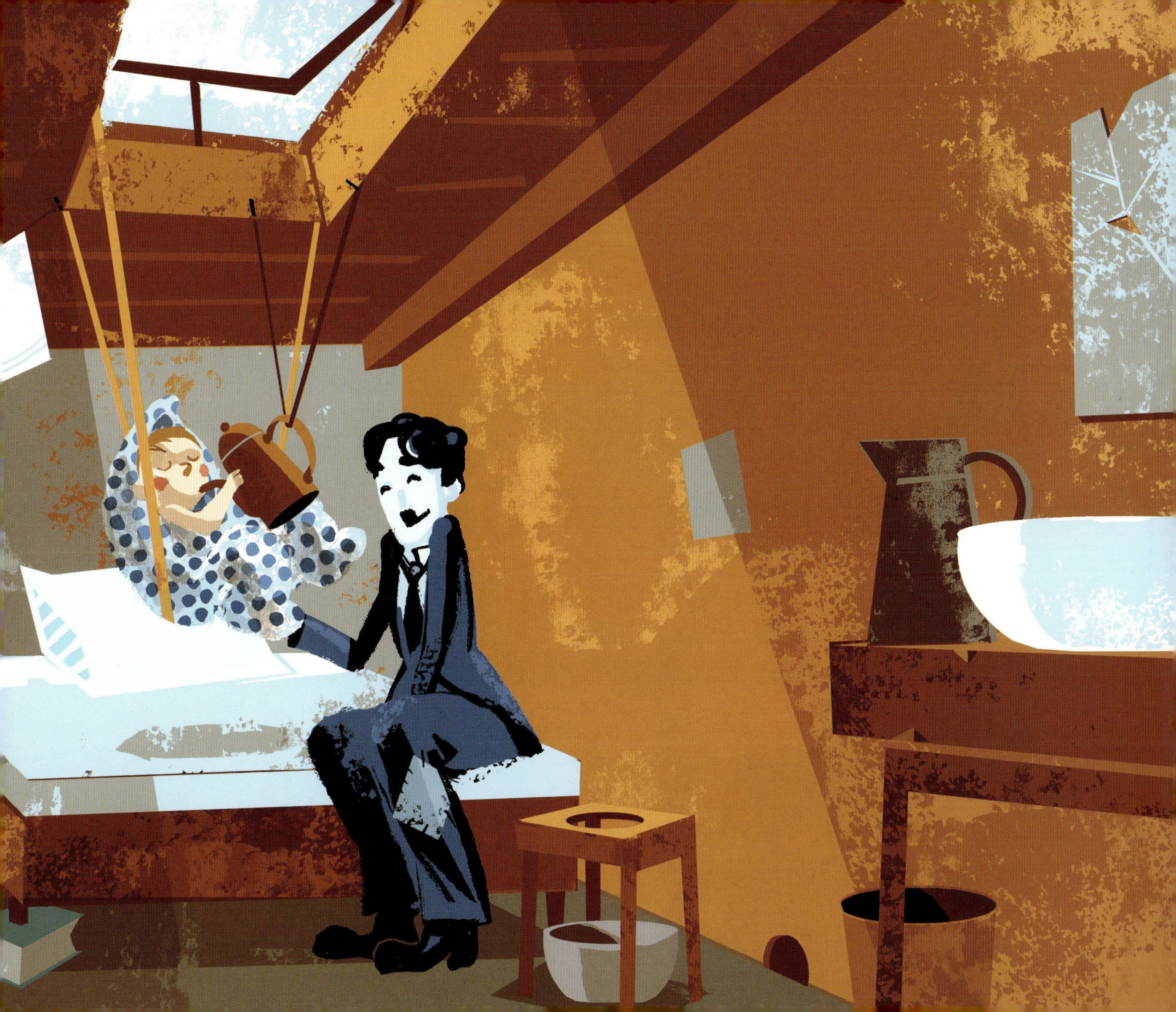

20

Passam-se cinco anos. Cinco anos de alegrias. Carlitos e João vivem num sótão bem pobre, lá nos fundos de um prédio, mas são muito felizes. Para ganhar um dinheirinho, trabalham juntos. É isso mesmo! João quebra vidraças e Carlitos é vidraceiro. João cata pedras e as atira nas janelas. E Carlitos, como quem não quer nada, aparece logo depois e oferece seus préstimos. Não é uma grande coincidência?

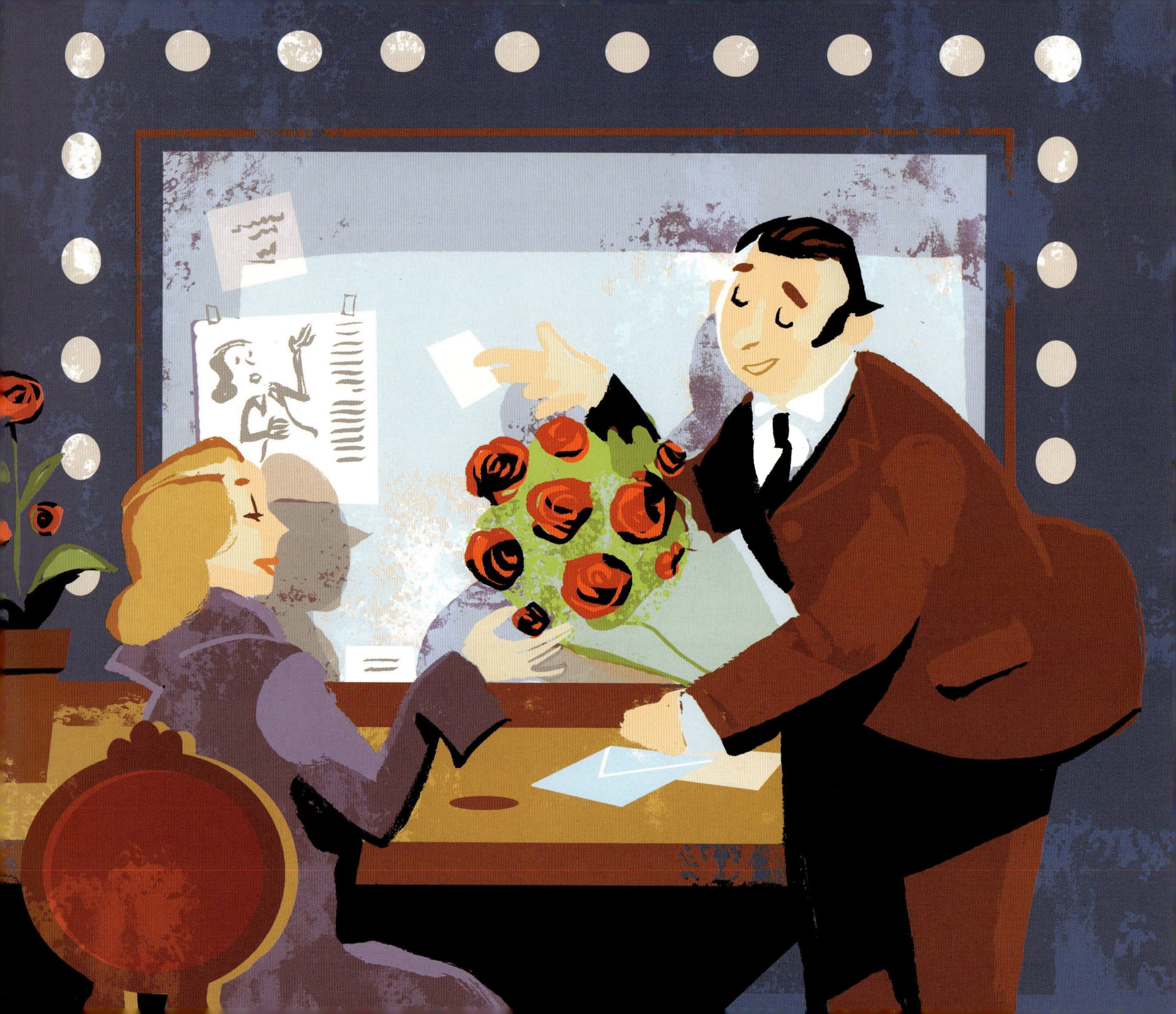

Passam-se cinco anos também para Edna, a mãe de João. Ela tornou-se uma grande cantora. Edna recebe muitas flores e cartas de seus admiradores. Ficou rica. Rica, porém infeliz. Não se esqueceu do filho e nunca se perdoou por tê-lo abandonado. Nunca! Por isso, vai sempre aos bairros pobres da cidade para distribuir dinheiro, frutas, brinquedos...

Afinal, certa manhã, ela encontra João, sentado em frente de casa.
– Pegue, garoto – diz ela, sem suspeitar que está diante do próprio filho. – Pegue esta bola e o bichinho de pelúcia! São pra você.
João fica contente. Vai logo mostrar a Carlitos os presentes que ganhou.

Dias depois, João avisa:

– Vou brincar lá fora com meu cachorro e minha bola!

– Pode ir – responde Carlitos beijando o bichinho de pelúcia e o menino. – Daqui a pouco eu vou pra lá.

No páteo, João brinca tranqüilo e em silêncio quando, de repente, Pedro, um grandalhão, se planta na frente dele e pega os seus brinquedos.

– Seu ladrão! – berra João, segurando o agressor pela manga.

E paf! tum! pem! – eles lutam.

Pedro é grande e forte, mas João é ágil. Logo os vizinhos formam uma roda em volta deles.

– Vai, João! – gritam uns.

– Bate com mais força, Pedro! – berram os outros.

Neste momento, chega Carlitos. Ele não gosta da história.

Não gosta nem um pouco! Segura João pelos fundilhos das calças.

— Pare com isso! — ordena.
Os espectadores ficam decepcionados: querem que a briga continue!
— Deixa ele, senão sou eu que vou te dar um soco! — ameaça um.
Um soco? Ui! Ui!... Carlitos não é muito valente. Ele solta João. E tudo recomeça: paf! tum! pem!
Os dois meninos se agridem, e todo mundo aplaude.
O irmão de Pedro se aproxima de repente de Carlitos.
— Se o seu filho ganhar a luta, fique sabendo que você vai se ver comigo!
Céus! Carlitos perde o fôlego: o homem que está na sua frente é um atleta... E parece que João vai ganhar!
Arre! Arre! O que fazer?

De repente, Carlitos pára a luta e ergue o braço de Pedro, declarando em alto e bom som que ele venceu.

– Isso é tapeação! – protesta o irmão de Pedro.

O grandalhão não cai na conversa. Sua honra está em jogo.

– O seu filho ganhou! Agora, vou vingar meu irmão!

Pobre Carlitos!

O outro arregaça as mangas...

Começa a luta. O irmão é muito forte. Como Pedro. Mas Carlitos é esperto. Como João. Ele se esquiva dos socos abaixando a cabeça no último momento.

O outro acaba agarrando Carlitos pelos cabelos.

– Ai! – geme o coitado.

– Meu punho na tua cara vai doer muito mais! – ameaça o valentão.

– Não!

Quem gritou "Não"? Foi Edna, a cantora.

– Não vai bater neste homem, não é? – pergunta ela.
– Claro que não! – jura o irmão, impressionado com aquela mulher suave, rica e bonita.
– Então, um aperte a mão do outro! – exige Edna.

Os dois homens se cumprimentam a contragosto.

E, assim que Edna sai, eles voltam a lutar.

Mas a cantora volta correndo. Traz João no colo.
– Parece que ele é seu filho – diz a moça a Carlitos. – Acabo de encontrá-lo caído no passeio. Ele está doente! Vá depressa chamar um médico!
De fato, João não está nada bem.
– Não posso esperar – lamenta Edna. – Mas prometo que vou voltar. Trate bem dele!

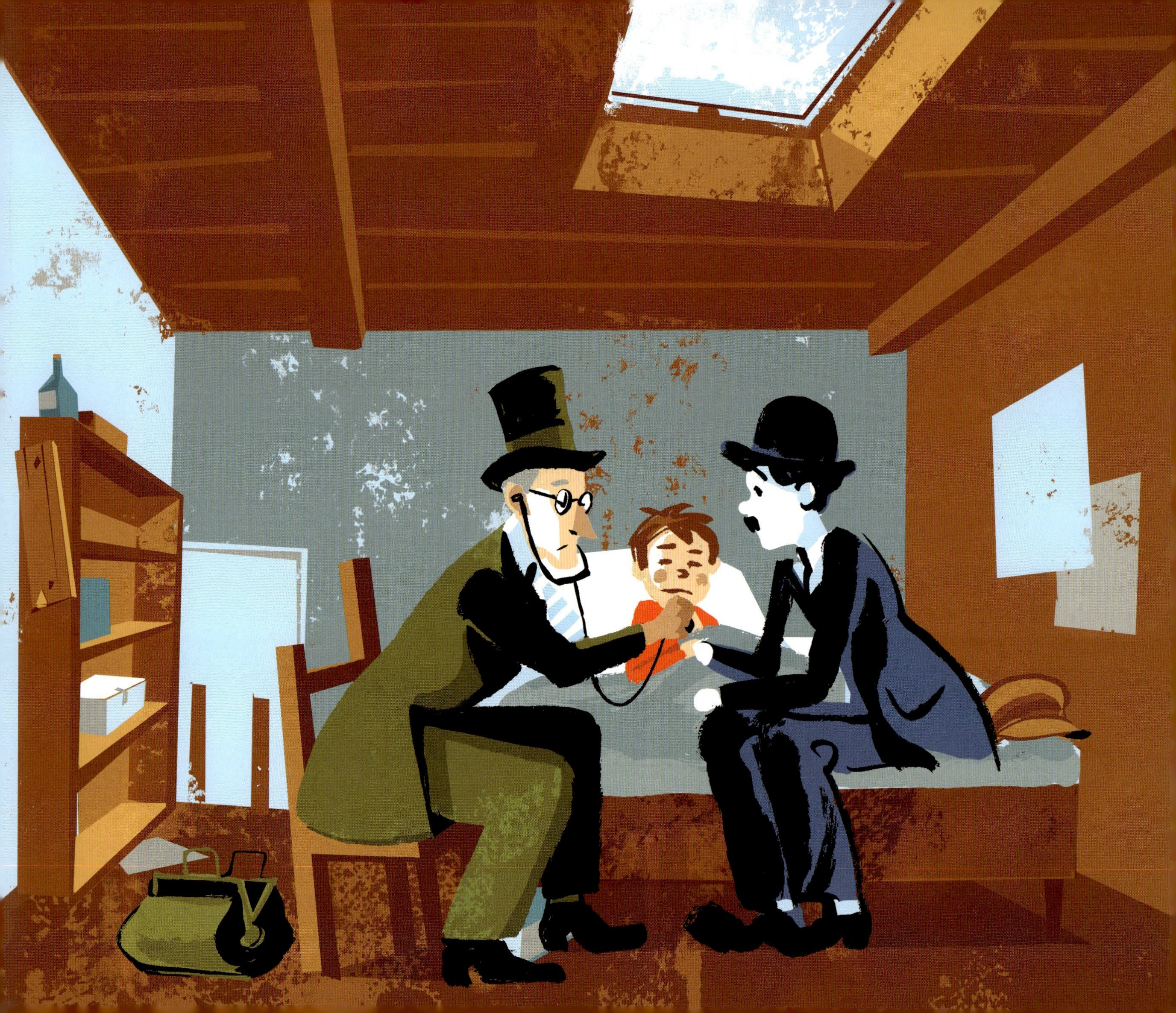

O médico chega e examina João.
– Diga "Ah!" – pede ele.
– Ah! – grita Carlitos.
– Você não! – explica o médico, aborrecido. – É o menino que deve dizer "Ah!".
João obedece.
– Ah...– faz ele, que está muito fraco. – Ah...
– Vou dar uma receita com os remédios necessários.
Em seguida, pergunta a Carlitos:
– Você é o pai do menino?
– Quase – responde Carlitos.
– Pode explicar melhor?
Carlitos vai buscar o bilhete que João trazia quando foi deixado na rua.
– Um menor abandonado! – exclama o médico. – Vou tomar as providências...

Três dias depois João continua de cama. Mas Carlitos trata dele com perfeição. Com remédios, compressas quentes e, acima de tudo, com muito amor.
De repente, toc-toc!, alguém bate à porta.
– Pode entrar! – diz Carlitos muito à vontade. – Não há fechadura! Está sempre aberta!
É o diretor do orfanato com o motorista. Querem levar João.
– Na minha instituição, ele terá boa alimentação e vai aprender muita coisa – explica o homem engravatado enquanto o empregado pega o menino.

João resiste, se debate.

– Não! – grita ele. – Estou muito bem aqui!

Mas os dois homens são inflexíveis.

– São ordens do médico!

Carlitos não gosta de briga. Mas, ali, não tem escolha. Pula no pescoço do diretor e bate nele com tudo o que encontra por perto.

Apavorado, o motorista sai em busca de ajuda. Por acaso, um guarda vai passando!

Agora são três a lutar com Carlitos. Eles ganham, é claro.

João é levado numa caminhonete. Endereço: o orfanato.

Ele entra em pânico.

– Eu quero meu pai! Eu quero meu pai! – berra o garoto. – Eu quero meu paaai!

O guarda continua ameaçando Carlitos.

– Estenda as mãos! – ordena. – Vou algemá-lo.

– Vamos ver! – responde Carlitos, saltando pela janela da mansarda. Ele pula por cima das telhas. O policial corre atrás dele, mas escorrega e torna a escorregar. Quase cai lá do alto e acaba desistindo... Sente até tontura! Carlitos parece um gato! Lá bem no alto, consegue seguir o veículo com o olhar. Assim que dá um jeito, salta e cai dentro da caminhonete.

É um herói, esse Carlitos! E, de novo, luta com o diretor, que vai sentado ao lado de João. Pif! paf! O homem bem vestido cai no chão. Vencedores e felizes por se reencontrarem, Carlitos e João se abraçam.

Não se mexem, ficam bem juntinhos.

E, assim que o carro pára, fogem correndo.

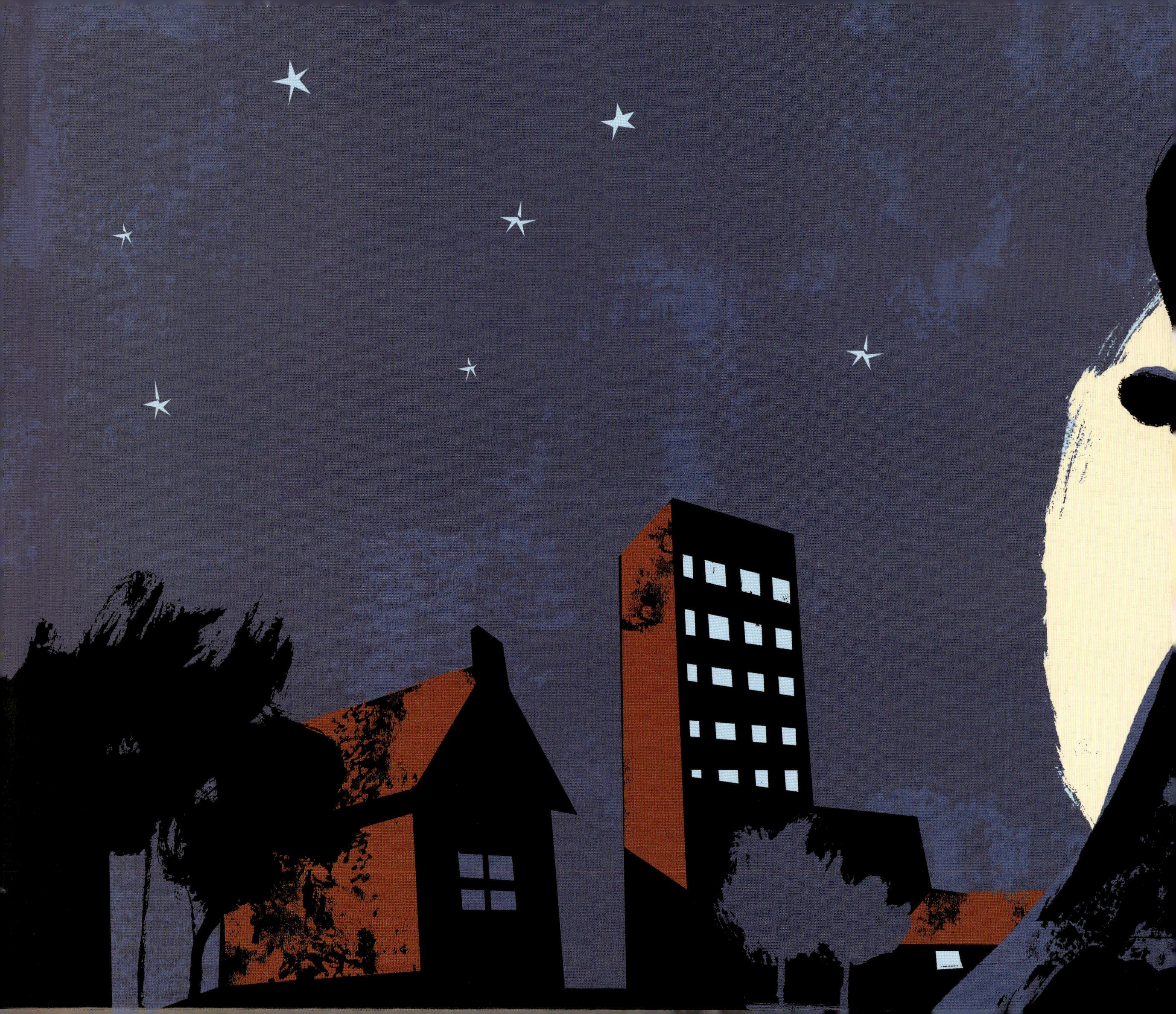

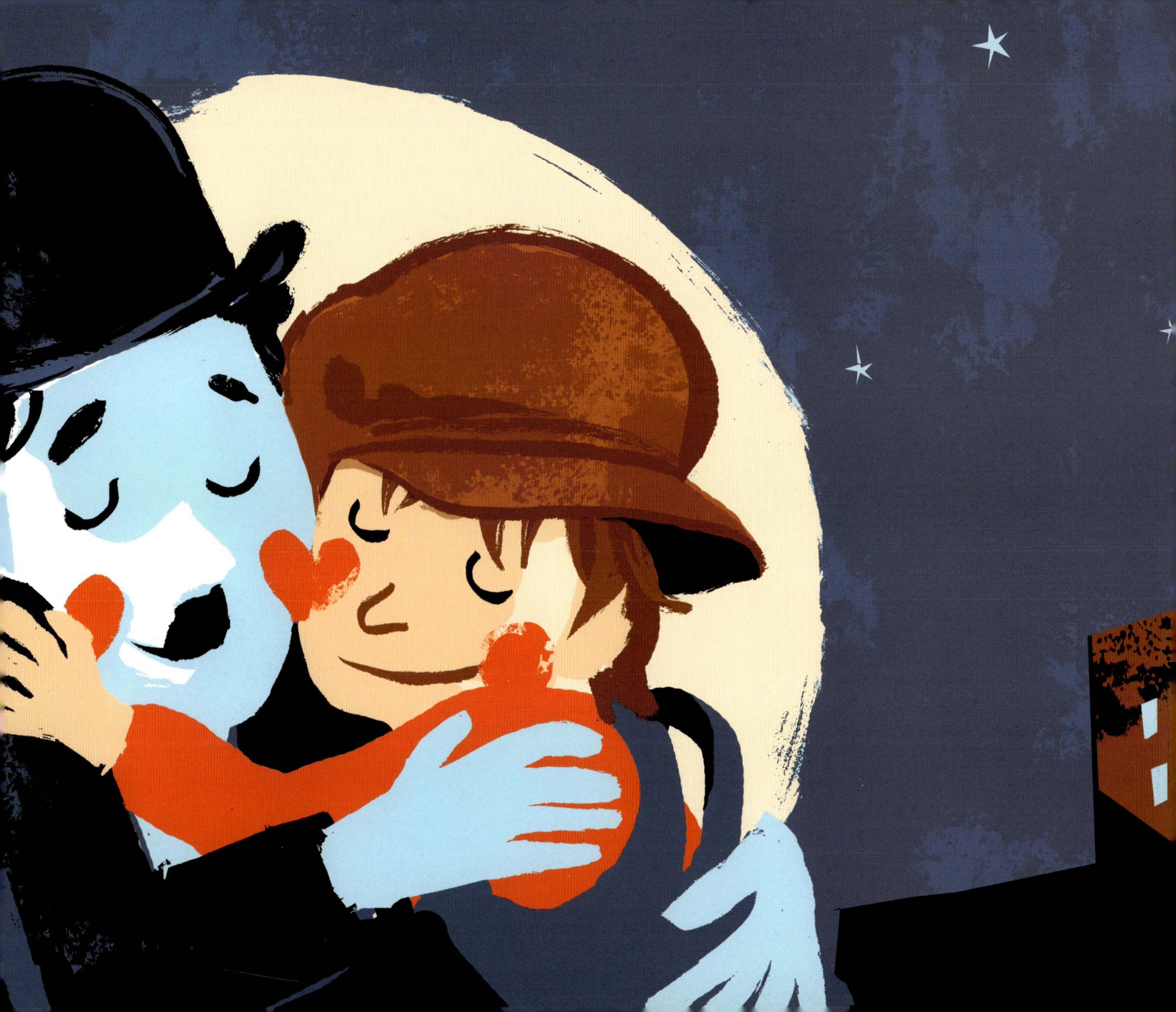

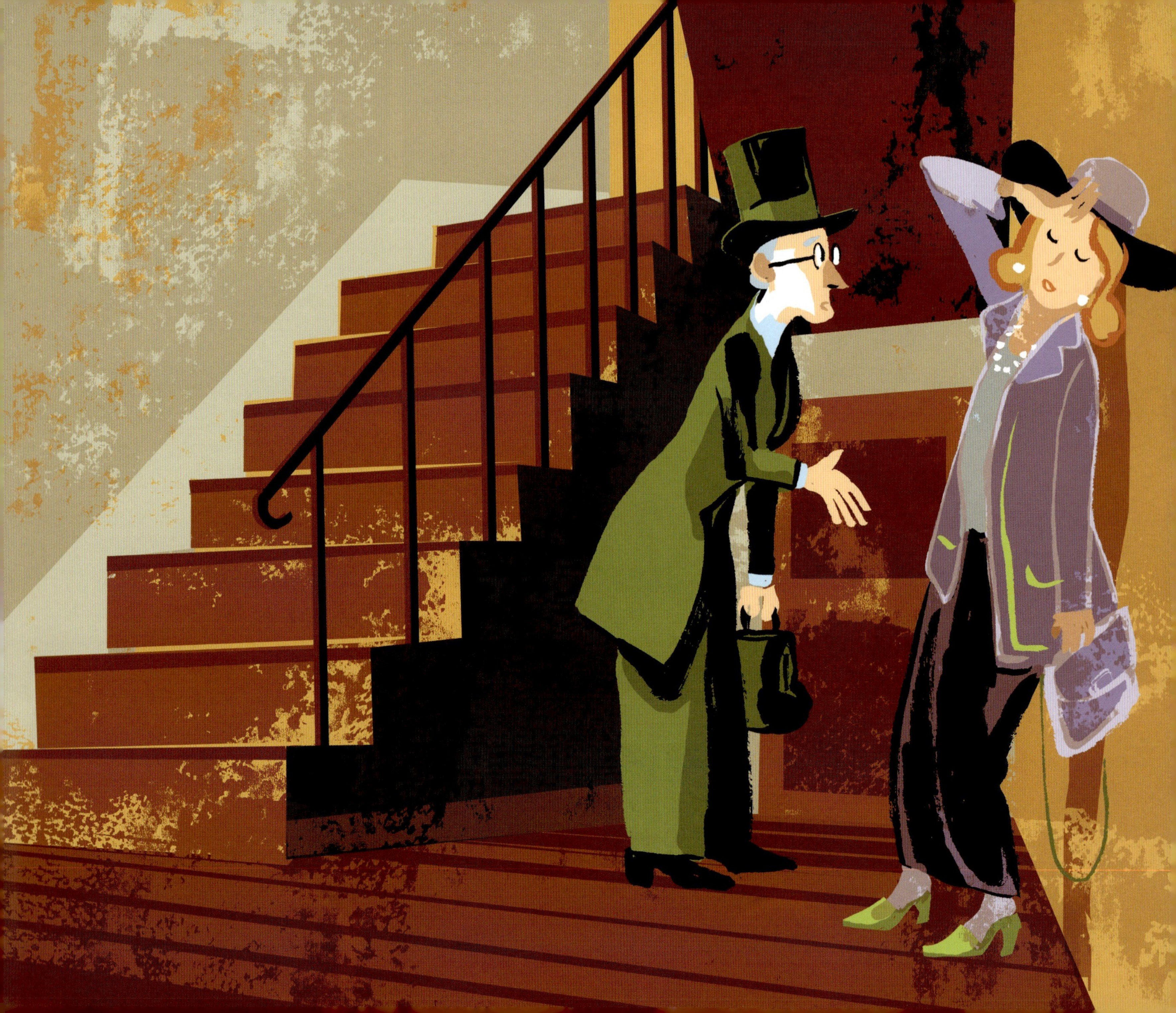

Enquanto isso, Edna volta ao quarto deles. Como havia prometido, veio para saber como vai João. Na escada, encontra o médico que também viera para ver se tudo tinha dado certo.

– Não adianta subir, minha senhora, não há ninguém lá no quarto.

– Sabe se o menino ficou bom? – pergunta a cantora.

O médico, impressionado com a elegância da moça, põe-se a falar. Conta tudo. Chega a mostrar-lhe o pedaço de papel que diz: "Ame este órfão e cuide bem dele".

É evidente que Edna logo reconhece o bilhete! Seu coração estremece, suas pernas fraquejam. Ela acaba de reencontrar seu filho!

A polícia está à procura de Carlitos e de João. Os dois já não podem voltar para casa. Resolvem passar a noite num albergue. Como custa caro, João fica esperando do lado de fora...

– São dez centavos por noite e por pessoa! – avisa o vigia.

– Dez centavos! – repete Carlitos, que mexe em todos os bolsos à cata de uma moeda.

Quando chega à sua cama, abre a janela para João entrar e o esconde sob as cobertas.

– Antes de dormir, quero fazer minha oração! – sussurra João.

– Hoje, não! – diz Carlitos. – O vigia pode ver.

– Eu quero me ajoelhar! – insiste o pequeno.

Carlitos suspira:

– Está bem! Mas não demore!

Carlitos tenta esconder o menino, mas o vigia, desconfiado, chega perto.

João se esconde depressa embaixo da cama.

O homem percebe que alguma coisa está errada.
Ele se debruça e... João sobe para se esconder sob as cobertas!
Mas o volume é grande demais! E o vigia percebe!
– São mais dez centavos! – declara ele. – O menino também paga.
Felizmente, Carlitos encontra outra moeda e, enfim, eles podem dormir.

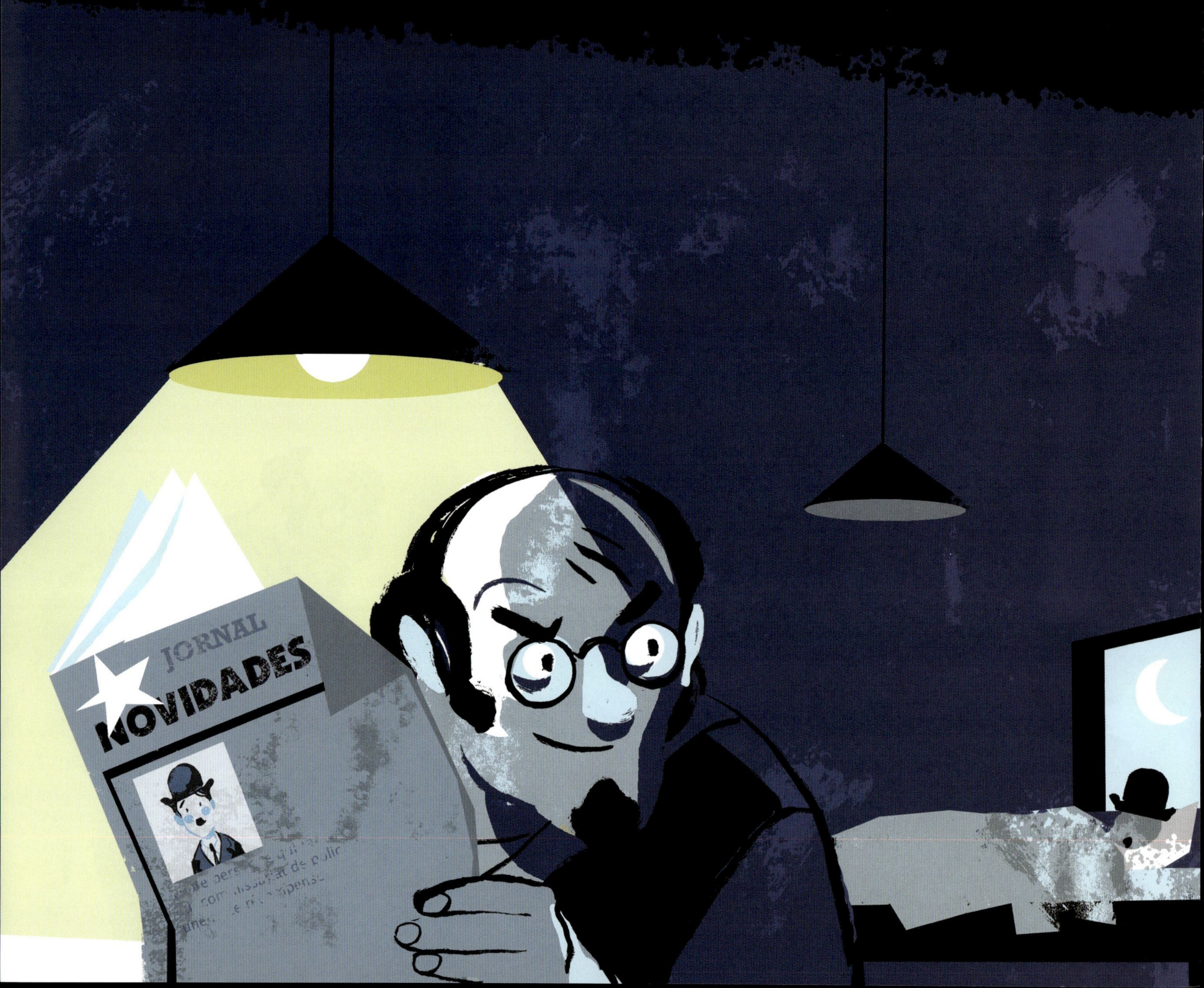
JORNAL
NOVIDADES

Durante a noite, o vigia lê o jornal. E, de repente, o que é que ele vê? Um anúncio muito interessante: "1.000 dólares de recompensa por uma criança desaparecida". O texto fala de um menino de cinco anos que está em companhia de um homem baixinho e de bigode.

"Quem trouxer o pequeno à delegacia de polícia receberá uma boa recompensa", vem escrito mais uma vez.

O vigia entende logo: é esse o menino que está dormindo no seu abrigo!

Sem pensar em mais nada, ele carrega com cuidado João, que dorme profundamente...

Felizmente, Carlitos acorda na hora:
- João, meu filho, onde você está?
Ele procura no quarto e depois na rua.
João não está em lugar algum! Ele desapareceu!

João está na delegacia. Acordou e está chorando.
Ele berra:
- Carlitos! Carlitoooooos!
Mas, não é ele quem chega... É a mulher que, um dia, lhe deu a bola e o bichinho de pelúcia. É claro que ele a reconhece.
- Eu sou sua mãe - diz ela, chorando.
E o abraça com força. Ela conseguiu encontrá-lo e está muito feliz!
Ela está feliz. João, não. Ele quer Carlitos, quer ver seu pai querido, que sempre cuidou dele.

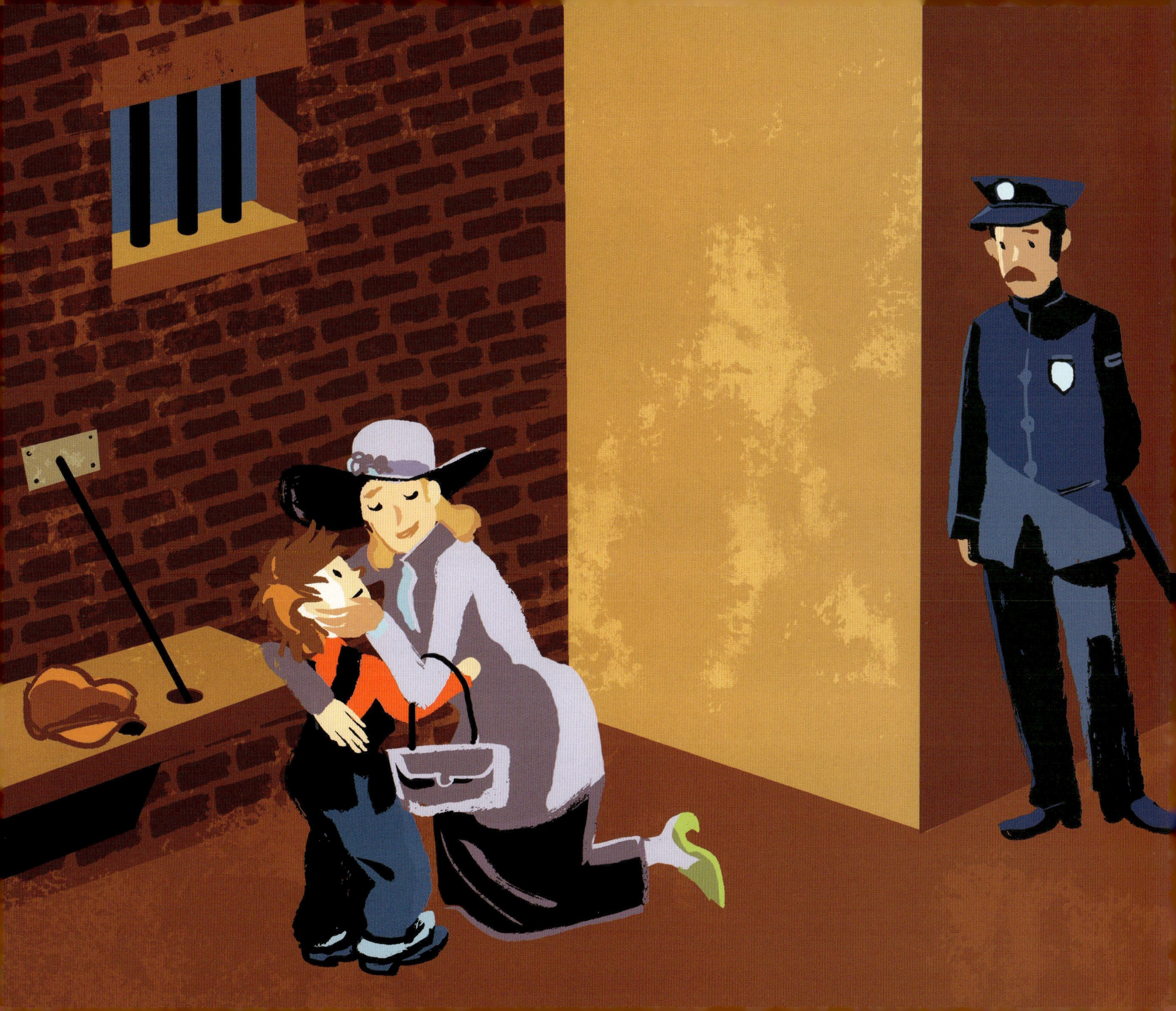

Carlitos voltou para casa. Como está vazio aquele quarto, sem o João!
Ele sai de novo e senta-se na soleira da porta, desesperado.
Então adormece e tem um sonho.
Carlitos sonha que João e ele se tornaram anjos! Estão voando. É uma delícia.
Estão voando quando o policial lhe dá um tiro.
Pan! Carlitos cai no chão.
– Carlitos! – chama João que o sacode. Por favor, não morra!
E continua sacudindo... e Carlitos desperta!

Ele volta à realidade! Está defronte de casa, mas é esquisito, sente uma mão tocando no seu ombro.
- Venha comigo! - diz uma voz.
Ele ergue a cabeça e vê... o guarda!
- Pare de me chatear! - diz Carlitos.
- Venha comigo! - repete o policial.

Carlitos acha que está sendo levado para a delegacia.
Mas, minutos depois, chegam a um lindo palacete.
– É aqui! – avisa o policial. – Pode tocar a campainha.
Carlitos não entende nada:
– Não conheço ninguém aqui. Deve ser engano!
Mal ele encosta a mão no botão, a porta se abre, e João aparece.

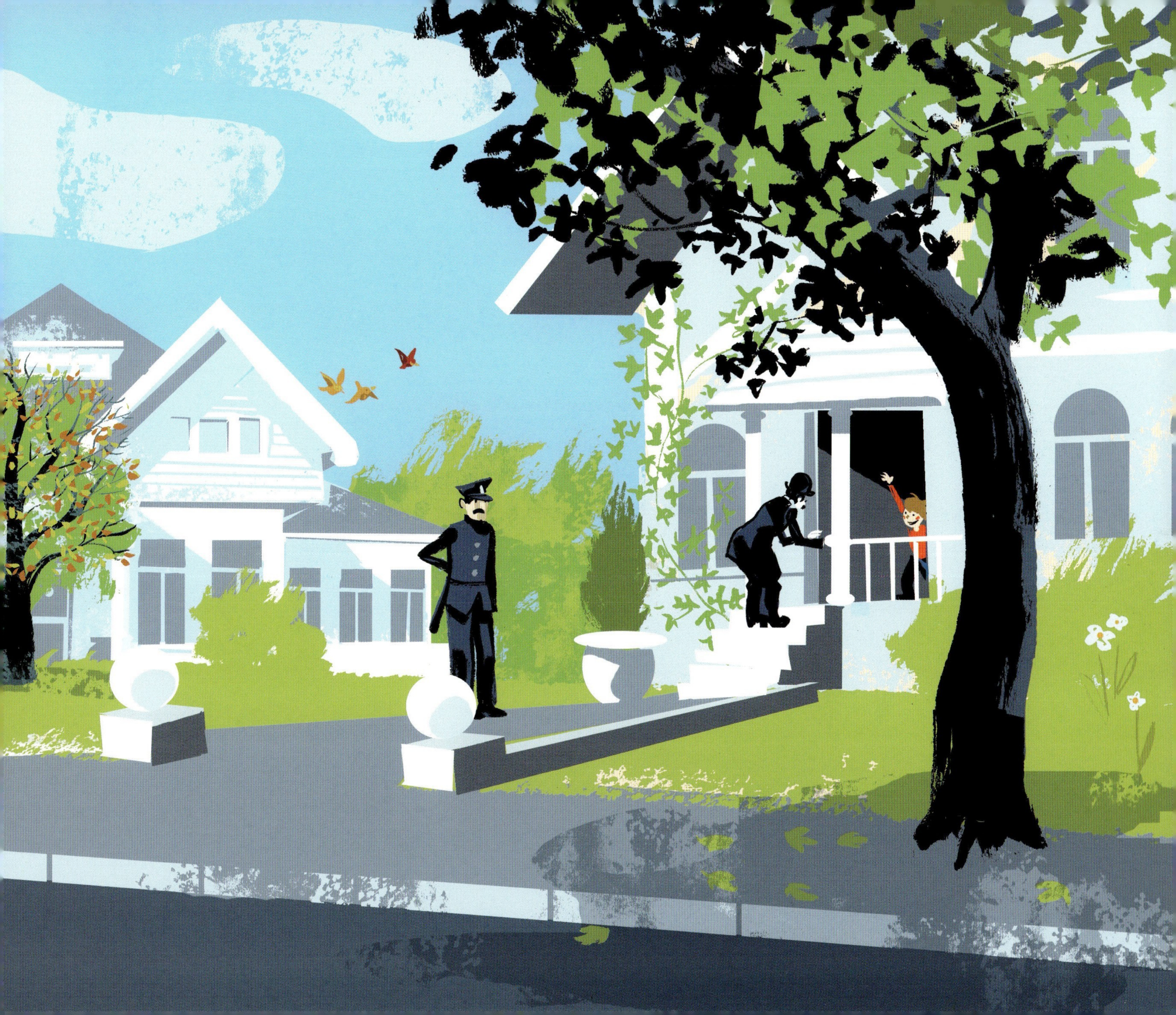

– Carlitos! – grita ele.

– João, meu querido!

Na entrada, Edna olha para os dois em silêncio.

– É a minha mãe! – explica João.

Depois, agarrando Carlitos, cochicha-lhe ao ouvido:

– E você, você será meu pai para sempre...

FIM

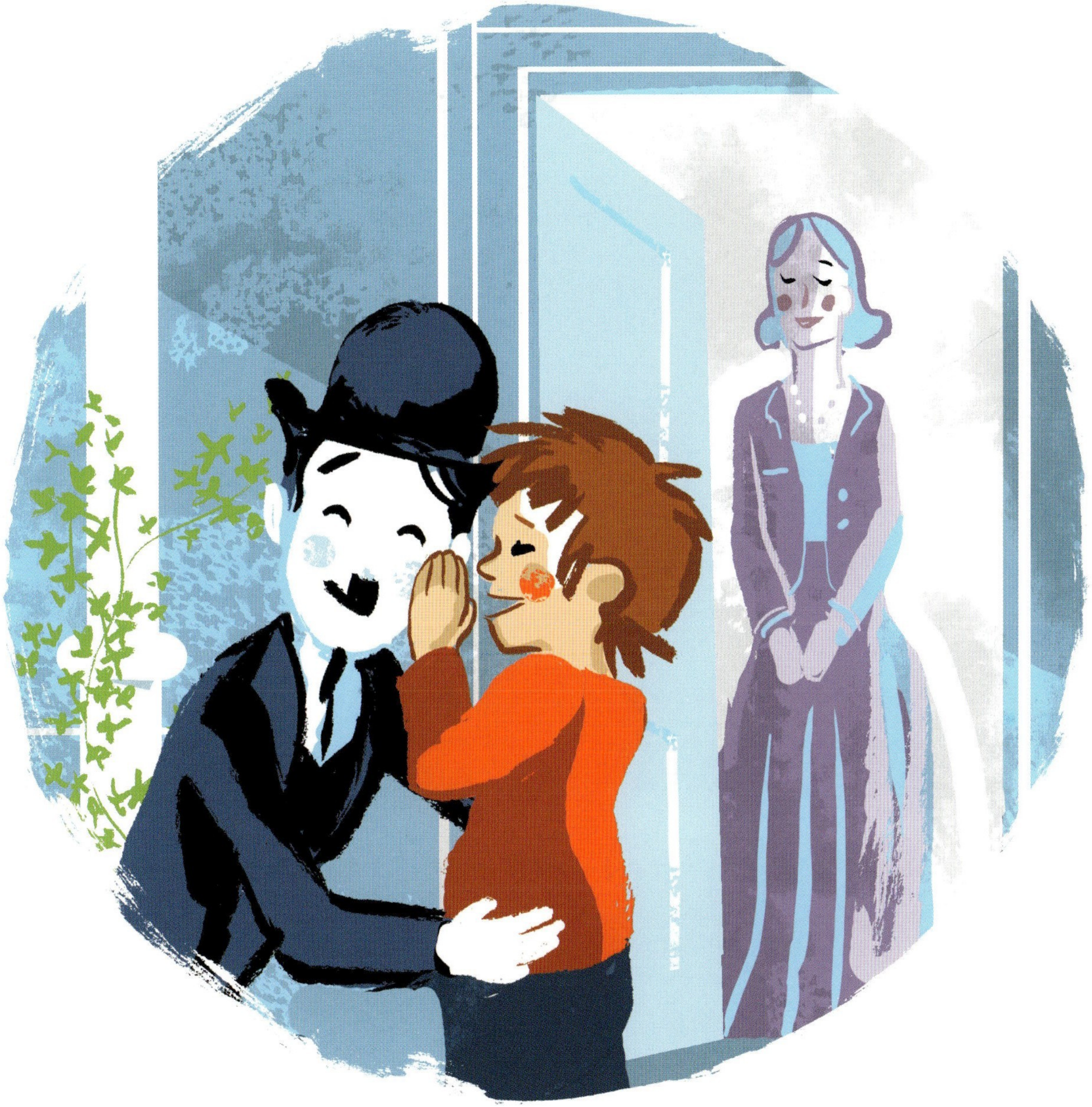

A HISTÓRIA DE UM FILME

UM FILME MUITO PESSOAL ENTRE RISOS E LÁGRIMAS

É difícil conter as lágrimas ao ver esta história em que Carlitos (Charlie Chaplin), um pobre vagabundo solitário, cuida de João (Jackie Coogan), um menino abandonado pela mãe. Bem que Charlie Chaplin, que foi também o diretor desse filme, anuncia desde o início: "Um filme com um sorriso e, talvez também, uma lágrima". Assim, o Carlitos dos filmes cômicos que o tornaram célebre mostra-se como um personagem afetuoso e comovente.

Não é por acaso. O ano é 1919. Chaplin passa por uma fase sem inspiração. Não vive muito feliz com sua jovem esposa, a atriz Mildred Harris. Ela lhe deu um filho que morreu três dias depois do nascimento. Chaplin está muito triste. Mas logo retoma o ânimo: dez dias depois ele se lança na produção de *O garoto*. Está decidido: Carlitos será pai adotivo.

O filme nasce também de um feliz encontro: o de Chaplin com Jackie Coogan, num espetáculo musical. No palco, um menino de quatro anos faz uma cena cômica junto com o pai. Chaplin fica estupefato com aquele pingo de gente capaz de representar qualquer papel. Acaba de encontrar seu parceiro! E o contrata imediatamente para o filme.

Carlitos e João estão sentados na soleira de sua velha casa num bairro pobre. Para os cenários do filme, Chaplin inspirou-se nos lugares miseráveis onde, em criança, vivia com a mãe, na Grã-Bretanha.

Uma olhadela na infância de Chaplin

Em *O garoto*, Chaplin inspirou-se em cenas de sua infância. A personagem de Edna, a mãe de João, faz lembrar a mãe do cineasta, também abandonada pelo marido. Quando Carlitos recolhe João, torna-se o pai atento e carinhoso que ele nunca teve. Mais tarde, quando Carlitos luta para impedir que o filho adotivo seja levado para o orfanato, suas lágrimas são de verdade... Quando tinha sete anos, Chaplin foi separado da mãe, doente mental, e levado para um orfanato. No início, o filme ia se chamar *The Waif* [O menino abandonado].

Carlitos e João abraçam-se chorando. Nos filmes anteriores de Chaplin, o público nunca tinha visto o vagabundo verter uma lágrima.

UMA FILMAGEM MUITO LONGA

O garoto é o primeiro longa-metragem de Chaplin. Diretor e ator, ele trabalhou na maior parte do tempo em seu estúdio de cinema em Hollywood, na Califórnia. A filmagem durou quase nove meses. Muito ansiosos estavam os distribuidores que, impacientes, esperavam novas comédias! Na época, até os filmes para o grande público eram feitos em algumas semanas. Mas Chaplin recomeçava cada cena dezenas de vezes, até ficar plenamente satisfeito. Dirigia os atores mostrando-lhes os gestos e as expressões a imitar. Jackie Coogan, que tinha então cinco anos, imitava muito bem. Chaplin ficava fora do ângulo da câmera e mostrava o que o menino devia fazer. Chaplin teve, porém, dificuldades para realizar o filme. No fim da filmagem, sua esposa, Mildred Harris, pediu o divórcio. Ele ficou arrasado: os advogados da jovem ameaçavam impedir a projeção de *O garoto*. Ele fugiu da Califórnia para guardar os rolos em lugar seguro. O filme foi montado no mais absoluto sigilo num hotel de Salt Lake City e num estúdio de Nova York. Mesmo assim, os aborrecimentos continuaram. Chaplin se desentendeu com o distribuidor do filme. Finalmente, em fevereiro de 1921, o filme ficou pronto. *O garoto* foi visto nas telas do mundo inteiro.

Durante a filmagem, Charlie Chaplin e Jackie Coogan ficaram muito amigos. Chaplin cuidava do menino como se fosse seu filho.

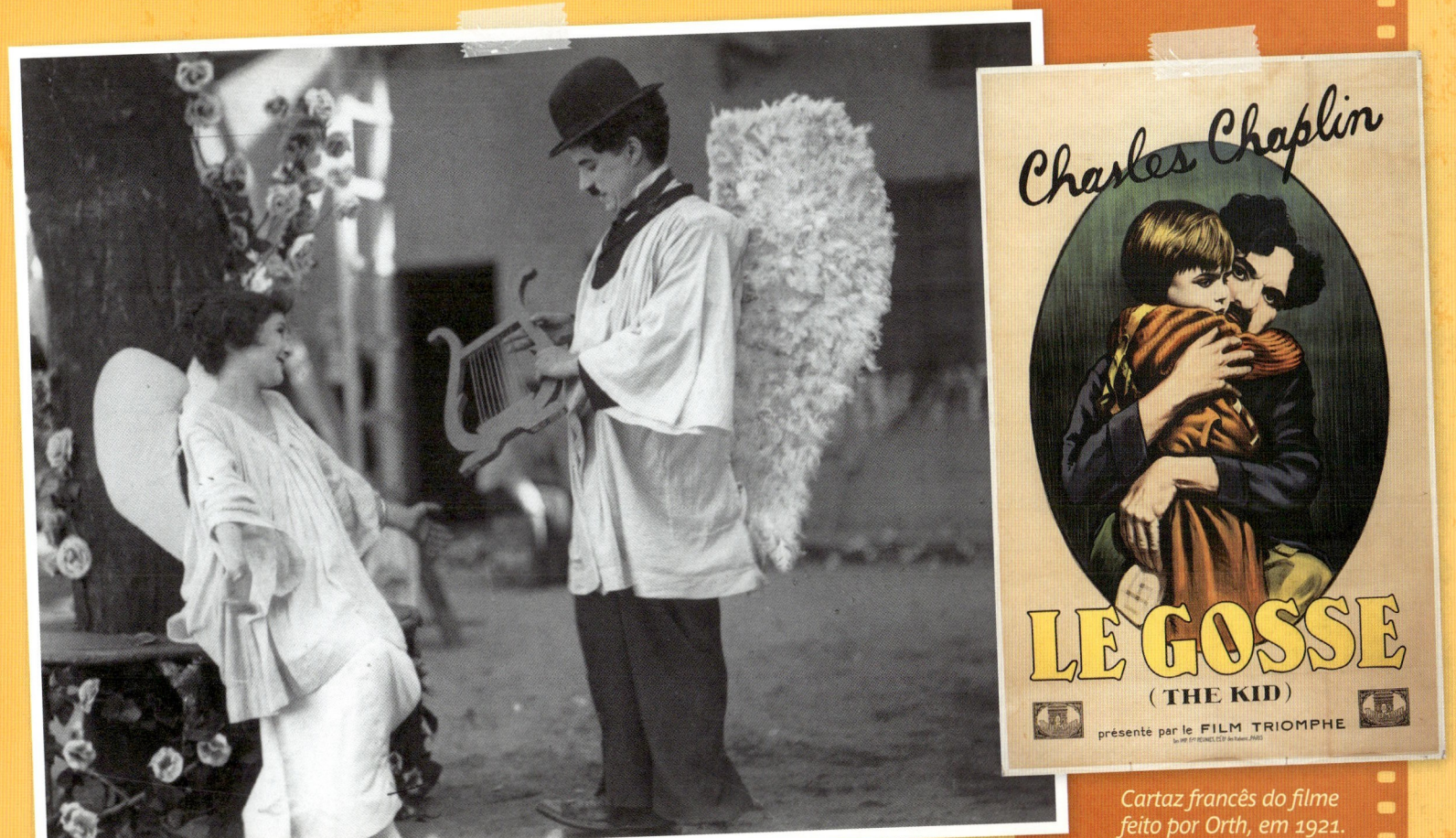

Numa cena do sonho, um anjo de asas tenta seduzir Carlitos. É Lillita MacMurray (chamada Lita Grey). Essa atriz de doze anos tornou-se anos depois a segunda esposa de Chaplin.

Cartaz francês do filme feito por Orth, em 1921.

FILME DE GRANDE SUCESSO

Desde que foi lançado, *O garoto* foi um grande sucesso. Jackie Coogan era tão admirado quanto Charlie Chaplin. Seus olhares e gestos, o boné enorme e as calças presas pelos suspensórios muito largos tornaram-no célebre no mundo inteiro. Em Paris, organizaram uma projeção especial para os órfãos. Logo depois, Jackie Coogan empreendeu uma volta ao mundo a fim de recolher fundos para as crianças desamparadas. Cinqüenta anos depois, em 1971, Charlie Chaplin relançou e sonorizou o filme. E ele mesmo compôs a música. Comovente e engraçado, este filme é considerado uma das obras-primas de Chaplin.

O garoto é o único filme em que Charlie Chaplin, no personagem de Carlitos, contracena com outro ator como protagonista.

Quando o filme foi lançado, Jackie Coogan recebeu honrarias de presidentes, príncipes e até do Papa em pessoa!

Jackie Coogan, primeiro astro infantil

Após o sucesso de *O garoto*, Jackie Coogan prosseguiu na carreira de ator infantil. Mas, bem depressa, ficou sem dinheiro. A mãe e o padrasto não souberam gerir seus honorários. As dificuldades que ele enfrentou provocaram a adoção de uma lei que protege o dinheiro das crianças artistas. Ainda hoje, nos Estados Unidos, é conhecida como a "Lei Coogan". Muitos anos depois, Jackie Coogan apareceu numa série da televisão norte-americana, na qual fazia o papel de um velho assustador, o tio Chico da *Família Addams*!

Diretor : a pessoa que conduz todas as etapas artísticas e técnicas do filme.
Distribuidor : a pessoa que trata do lançamento de um filme nas salas de cinema.
Filme cômico : filme engraçado, que provoca riso.
Longa-metragem : filme que dura mais de uma hora (por oposição a curta-metragem).
Estúdio de cinema : lugar preparado com cenários para fazer as filmagens.
Rolo : negativo de um filme, que fica enrolado numa bobina.
Montar um filme : juntar as cenas de um filme.